## ÉTUDES DIVERSES.

II

# LES TROIS POETES VAUQUELIN

PAR

**HIPPOLYTE SAUVAGE**

JUGE DE PAIX DU LOUROUX BÉCONNAIS.

(Extrait de la Revue historique, littéraire et archéologique de l'Anjou.
Livraison d'avril 1868).

ANGERS,

IMPRIMERIE-LIBRAIRIE DE E. BARASSÉ, RUE SAINT-LAUD, 83.

1868.

# ÉTUDES DIVERSES.

II

# LES TROIS POÈTES VAUQUELIN



PAR

HIPPOLYTE SAUVAGE

JUGE DE PAIX DU LOUROUX-BÉCONNAIS

(Extrait de la Revue historique, littéraire et archéologique de l'Anjou.
Livraison d'avril 1868).

ANGERS,
IMPRIMERIE-LIBRAIRIE DE E. BARASSÉ, RUE SAINT-LAUD, 83.

1868.

# LES TROIS POÈTES VAUQUELIN.

Quoique le nom de Vauquelin des Yvetaux soit plutôt connu dans la Normandie que dans toute autre province, cependant il a joui d'une certaine illustration dans le monde entier des littérateurs. On y apprécie toujours l'*Institution du prince*, qui fit une sensation considérable à son époque, et qui, par sa valeur réelle, justifia pleinement le choix d'une éducation royale. Nous pensons donc qu'à ce titre une esquisse dans laquelle nous analyserons tour à tour les œuvres de trois membres de cette famille de poëtes, pourra trouver un accueil favorable dans une Revue de l'Anjou. Nous la ferons avec d'autant plus de confiance que nous en puisons les éléments dans un manuscrit qui nous a été confié par leur dernier héritier. Néanmoins nous tenons à dire, qu'à tort peut-être, nous n'avons pas voulu recourir à d'autres documents. On appréciera les motifs qui nous ont dirigé : en procédant ainsi, nous croyons conserver plus sûrement à nos portraits toute la fraîcheur et tout l'éclat de leur origine.

## I.

### JEAN VAUQUELIN, seigneur des Yveteaux.

Jean Vauquelin était issu d'une famille aussi distinguée dans les annales militaires de la Normandie que respectée dans la robe, et célèbre surtout dans les belles-lettres par deux de ses membres, dont l'un est auteur d'un *Art poétique*, et l'autre, le précepteur bien connu du roi Louis XIII et du duc de Vendôme, fils naturel de Henri IV. Autant que nous pouvons le croire, il était le second fils de Hercules Vauquelin. Comme la plupart de ses ancêtres, il dut naître à Falaise ou à Caen.

Son père, élève du savant Halley, recteur de l'université de Caen, avait été successivement : lieutenant général à Caen (1626), conseiller du roi en ses conseils d'Etat et privés (1626), maître des requêtes (1634), membre du parlement de Paris (1635), intendant du Languedoc (1640), président des états de cette province (1641), intendant de Perpignan, de la Catalogne et du Roussillon (1642), intendant des armées royales dans les pays récemment conquis (164..), et enfin conseiller d'Etat ordinaire (1644). Il s'était éloigné des affaires peu après la mort du cardinal de Richelieu, qui l'honorait de son intimité. Peu sympathique, par ce seul motif, au premier ministre qui avait pris le pouvoir après cet habile homme d'Etat, il était venu chercher un repos absolu dans ses terres de Normandie. L'homme de cour s'était fait campagnard. C'est là que la faveur du Souverain avait su le trouver pour lui octroyer des lettres-patentes d'érection de sa terre d'Hermanville-sur-Mer, sous le titre de marquisat (1651) (1).

Dès l'instant où son père avait pris sa retraite, son fils Jean s'était attaché à lui, ne l'avait plus quitté, l'avait entouré des soins les plus tendres et avait enfin recueilli son dernier soupir. Hercules Vauquelin était mort à Caen, le 18 septembre 1678, dans la paroisse Saint-Jean. Exécuteur testamentaire des volontés suprêmes de son père, vieillard de soixante-quinze ans, c'était lui encore qui avait accompagné ses cendres aux Yvetaux, près Falaise (2).

Cette vie, jusque-là passée au foyer paternel, toute remplie de dévouement, et inspirée par l'amour filial, avait dû nécessairement lui faire contracter des habitudes méditatives.

Il se plongea dans l'étude, lorsqu'il fut libre ; il se fit homme de lettres. Et tandis que son aîné devenait un magistrat éminent, conseiller au grand Conseil, et que son autre frère entrait dans les ordres sacrés, lui, conquérait les palmes de l'académie des

---

(1) Mss., pages 496, 497, 498 et 499.
(2) Mss., page 508.

belles-lettres de Caen. Il s'asseyait même à son fauteuil présidentiel, dans les jours les plus prospères de son existence, durant l'administration de l'intendant Foucault, à l'époque où Louis XIV faisait naître le plus grand siècle littéraire de la France.

Les droits à cet honneur insigne, il les puisait dans ses ouvrages, restés manuscrits,—tout permet de le croire, du moins,—si l'on ajoute foi à une note ajoutée à la dernière page du volume que nous avons sous la main. Afin de les bien faire connaître, nous transcrivons donc cette note :

« Les manuscrits de M. des Yveteaux sont en si grand nombre, » si remplis d'érudition et d'instructions curieuses et utiles, tant » pour l'histoire, la morale, la physique, la cabale et les sciences » les plus abstraites et les plus cachées, que sans m'amuser à » rapporter icy les discours qu'il a faits à l'académie, je renvoie » le lecteur à ces manuscrits, s'il est assez heureux qu'il lui en » puisse tomber entre les mains.

» Il a composé plusieurs tomes in folio des clefs des sciences.

» Les titres des autres ne donnent pas moins de curiosité, et » ce qu'ils contiennent n'est pas moins instructif. Voici les titres : » *La mer des sciences ; les caballes ; la science des adeptes ; les* » *mystères de la croix pour le salut du monde ; l'arbre de vie ; de* » *la médecine universelle ; res sine titulo ; fiat lux ; science des* » *nombres ; des jardins ; de la connaissance de Dieu, du monde et* » *de l'homme avec toutes les parties qui le composent ; de la re-* » *ligion ; du secret de Dieu connu des seuls sages, des créatures* » *élémentaires, etc. ; des sciences magiques ; des talismans* (1). »

C'est le manuscrit *des Jardins* que nous possédons (2).

Nous allons en faire l'analyse sommaire. Il a 787 pages in-folio. Il est écrit d'une seule main, et à peu près sans rature, sauf quelques mots surchargés par le copiste. On peut donc affirmer

---

(1) Mss., page 787.

(2) C'est à tort qu'un annotateur a voulu changer le titre de cet ouvrage et lui substituer le suivant : *Amusements de Messire Jean Vauquelin, chevalier seigneur des Yveteaux, que l'on pourrait appeler en latin Valqueliniana ou Yvetelliana, et en français Vauquelinades.* Le titre de *Jardins*, qui est celui que l'auteur lui avait donné, nous paraît beaucoup mieux justifié à la lecture du livre.

qu'il a été composé sous les yeux même de son auteur et avant 1713, puisqu'à la page 482, une plume étrangère a ajouté ces lignes à l'arbre généalogique des Vauquelin de la Fresnaye : « Jean-» Jacques, seigneur et patron de Vrigny, a épousé, au mois de » janvier 1713, noble damoiselle Louise-Anne d'Anfernet, fille du » baron de Montchauvet. »

Ce volume est composé de plusieurs parties hétérogènes, et chacune d'elles est souvent séparée de l'autre par quelques feuillets blancs. Ainsi la liste des œuvres de des Yveteaux que nous venons d'emprunter à la page 787, est à une vingtaine de feuillets de la dernière page écrite. Evidemment cette note a été inscrite avec les discours qu'il prononça à l'académie de Caen, seulement après la mort de Jean Vauquelin. La même observation doit être faite sur quelques lignes indiquant l'époque de son décès, et qui se trouvent sur le feuillet du frontispice, ou plutôt sur les gardes.

Dans la composition de ce volume, il entre de la prose et des vers; et, à vrai dire, pour résumer notre pensée, il nous paraît être une espèce d'encyclopédie.

Ainsi, sous le titre de *Jardins mystiques* (p. 1), nous y trouvons l'origine du monde et la description du paradis terrestre. La conclusion morale de l'auteur est la nécessité où se trouve l'homme de cultiver son âme. De là il passe à l'étude prosaïque du *jardinage* (p. 35), et tour à tour il fait une revue de la *Philoflorie, ou passion des fleurs et de leur culture* (p. 38) (1), *du jardin potager mois par mois* (293), *des arbres fruitiers* (p. 323) *et des arbres forestiers* (p. 377).

Mais il est bon de revenir quelques instants sur la *philoflorie,* afin d'avoir une idée complète du livre ; d'ailleurs, c'en est peut-être la plus intéressante partie.

Les fleurs, qui ont été tant de fois chantées par nos poëtes, trouvent, en effet, chez des Yveteaux un nouvel interprète. Pour leur faire fête, le sonnet lui prodigue tous ses secrets. Passionné pour sa forme, il emprunte à une infinité de poëtes des fragments

(1) La tulipe, la renoncule, l'anémone, l'oreille d'ours, le narcisse, etc., ont chacune leur article.

de leurs œuvres, qu'il semble coudre ensemble avec une véritable volupté, comme s'il avait pris à tâche la devise de Montaigne (III, 2), « j'ai fait un amas de fleurs estrangières, n'y ayant fourny » du mien que le filet à les lier. » C'est ainsi, que sur l'ode d'Horace *Beatus ille qui procul negotiis*, il peut réunir jusqu'à une demi-douzaine de compositions diverses et des sonnets en quantité. Son seul soin est de rattacher chaque œuvre par quelque douce causerie, par des citations latines ou italiennes, par de la prose, et par des vers de sa façon. Des Yveteaux parfois, dans plusieurs passages, laisse échapper quelques traits puissants ou quelques soupirs de flammes. Pour n'en citer qu'un seul exemple, il finit un sonnet que nous croyons de lui, par cette strophe :

Ecueils contre lesquels il est beau de périr,
Femmes, pour une fois que vous nous faites naître,
Hélas ! combien de fois nous faites-vous mourir (1)!

L'idée n'est assurément pas neuve, mais elle nous paraît exprimée avec délicatesse.

Aux pages suivantes, un quatrain d'une morale un peu relâchée a cependant attiré nos regards, parce que nous avons cru y voir surtout cet épicurisme qui est l'esprit de cette famille. Ne sait-on pas que ce fut sa vie licencieuse qui fit tomber en défaveur le maître de Louis XIII, que nous appellerons pour cette fois le vieux des Yveteaux ? N'a-t-on pas conservé le souvenir de cette lettre qui lui fut écrite par le sévère cardinal de Richelieu ? Et ce petit-neveu d'un des jeunes mignons du temps de Henri III, n'est-il pas digne lui-même d'avoir été le contemporain de Philippe d'Orléans et l'un des roués de la Régence ?

Le quatrain, le voici :

Une femme est toujours aimable,
Quand elle est libre du sacré lien :
L'usufruit en est agréable,
La propriété n'en vaut rien (2).



(1) Mss., p. 52.
(2) Mss., page 54.

N'est-il pas vrai que notre poëte est de l'école de Chapelle et de Chaulieu? Ne dirait-on pas qu'il se serait inspiré du voyage de Bachaumont, et qu'il aurait imité ce genre?

Son livre est plutôt celui de tout le monde que le sien propre, car il emprunte à tous. Véritable *Guirlande de Julie* (1), c'est-à-dire bouquet littéraire composé de fleurs aux mille nuances cueillies dans cent parterres différents, il tient unis étroitement Malherbe, des Yveteaux, La Fresnaye, Sarrasin, Pierre Patry, qui fût si goûté à la cour de Gaston, duc d'Orléans, et tant d'autres poëtes, normands comme lui, qu'il voulait toujours avoir dans sa société. C'est ainsi que nous y avons remarqué les stances harmonieuses *à Duperrier*, stances où le génie de notre langue a marqué sa première empreinte. Nous y trouvons encore les sonnets de Sarrasin *Lorsqu'Adam vit cette jeune beauté*, que les Mémoires de l'académie de Caen ont reproduit. Plus loin, des Yveteaux inscrit aussi les vers si connus de Pierre Patry, *Je songeais cette nuit que d'amour consumé*. Enfin il donne également un sonnet de son grand-oncle.

Ne connaissant pas les œuvres de ce poëte, nous nous permettrons de l'écrire; car l'auteur de l'*Institution du prince* a conservé à bon droit quelque renom dans la Basse-Normandie; et si cette pièce était inédite, nous serions content d'avoir pu le signaler le premier.

SONNET DE DES YVETEAUX.

Avoir peu de parents, moins de train que de rente,
Rechercher en tous lieux l'honnête volupté,
Contenter ses désirs, conserver sa santé,
Et l'âme de procès et de vices exempte;

A rien d'ambitieux ne mettre son attente,
Voir les siens élevés en quelqu'autorité,
Mais sans besoin d'apuy, garder sa liberté,
De peur de s'engager à rien qui mécontente;

Des jardins, des tableaux, la musique, des vers;

---

(1) Julie d'Angenne, duchesse de Montausier.

Une table fort libre et de peu de couverts;
Avoir bien plus d'amour pour soi que pour sa dame;

Etre estimé du prince et le voir rarement;
Beaucoup d'honneur sans peine, et peu d'enfants sans femme;
Font attendre à Paris la mort doucement (1).

L'illustre Huet, évêque d'Avranches et académicien, dit que ce sonnet ne se peut excuser que par la liberté que donne la poésie. Mais il ajoute que des Yveteaux « répara bien le scandale de ce sonnet, lorsqu'en approchant de la fin de sa vie, touché d'une sincère pénitence, il en fit un autre plein de sentiments véritablement chrétiens, et partant d'un cœur humilié et contrit. Ce sonnet, à mon gré, est son chef-d'œuvre. »

Cependant on connaît des Yveteaux; on sait sa morale et ses débordements, et, par suite, on est autorisé à penser qu'il agissait bien comme il parlait. Il n'y a donc pas à s'y tromper, cette pièce est bien de lui. D'ailleurs son petit neveu, auquel rien de ce qu'il avait composé ne pouvait être inconnu, ajoute dans la crainte d'une erreur :

Il mourut âgé de quatre-vingt-deux ans, d'une rétention d'urine, qui, dans le fort de ses douleurs, ne l'empêcha pas de faire le sonnet suivant :

Enfin je ne suis plus des habitans du monde,
Mon âme est échappée et ne tient plus de lieu,
Elle a quitté mes sens : le seul amour de Dieu
Me fait tout voir en ange et sans cause seconde.

Que je suis au-dessus de la terre et de l'onde!
Que j'en suis séparé par un heureux adieu!
Que nos travaux sont doux, quand je suis au milieu;
Plus je suis agité, plus ma paix est profonde!

Que pensez-vous, mortels, que j'aime, que les cieux!
Qui m'inspire en mourant ces pensers glorieux,
Plus clairs que le soleil, et plus nets que l'aurore?

(1) Mss., p. 60. Vérification faite, ce sonnet n'est pas inédit.

C'est le brûlant amour du maître que je sers,
Qui m'a paru si vif aux maux que j'ai soufferts,
Qu'au lieu d'un être bas, je veux souffrir encore (1).

Nous laissons à apprécier la valeur de cette œuvre funèbre, même après le célèbre précepteur du grand Dauphin.

Quant à son homonyme, à des Yveteaux, président de l'académie de Caen, il nous paraît, en général, assez faible poëte. Nous ne saurions donc affirmer si le sonnet ci-après est de lui, ou si, par son grand air de parenté avec les précédents, il ne pourrait pas avoir la même origine. Toutefois nous ne garantissons rien; nous ne le citons que dans l'espérance que son auteur sera facilement reconnu :

Grands chênes, beaux sapins, qui couvrez ma maison,
Sous vos ombrages verts, je veux passer ma vie :
Les ans qui m'ont changé m'ont fait perdre l'envie
De ce que j'estimais en ma jeune saison.

Paris, le jeu, l'amour, sont de faibles appas,
A qui n'a pour object que le ciel et la tombe.
Solitaire, je plains le mondain qui succombe,
Et borne mes désirs à l'heure du trépas.

Mes amis, cependant, veulent que je retourne
Au pays des flatteurs, où le hasard séjourne :
Mais je suis trop heureux de vivre sans employ.

Je surmonte en ce lieu la crainte et l'espérance,
Et quand je deviendrais nécessaire à la France,
En me donnant à Dieu, je ne suis plus à moy (2).

La pièce qui suit est de la même facture, elle en est le complément :

Se lève qui voudra par force ou par adresse,
Jusqu'au sommet glissant des grandeurs de la cour ;
Moy, je veux sans quitter mon aimable séjour,
Loin du monde et du bruit rechercher la sagesse.

---

(1) Mss., pages 60 et 458.
(2) Mss., page 65.

Là, sans crainte des grands, sans faste et sans tristesse,
Mes yeux après la nuit verront naistre le jour.
Je verrai les saisons se suivre tour à tour,
Et, dans un doux repos, j'attendrai la vieillesse.

Ainsi, lorsque ma mort viendra rompre le cours
Des bienheureux moments qui composent ma vie,
Je mourrai chargé d'ans, inconnu, solitaire.

Qu'un homme est misérable à l'heure du trépas!
Lorsqu'ayant négligé le seul point nécessaire,
Il meurt connu de tous, et ne se connaît pas! (1)

Nous retrouvons cette antithèse dans La Fontaine, lorsqu'il dit en parlant du philosophe Démocrite :

Il connaît l'univers et ne se connaît pas (2).

Les vers que voici sont assurément de des Yvéteaux le jeune ; le doute n'est pas possible, par le rapprochement des dates.

David à l'amour succomba,
Salomon devint idolâtre,
Le fameux Hercule fila,
Antoine adora Cléopâtre ;
Mais les maîtresses de ces temps
N'avaient pas soixante-seize ans (3).

Mme de Maintenon avait dépassé toutes les bizarreries de ce genre.

Quel singulier assemblage dans ce volume? Ici de la philosophie, de la morale; là des pensées amoureuses et galantes; quelques bons vers, mais beaucoup plus encore de médiocres; peu d'idées neuves et plusieurs paraphrases de textes anciens, latins ou même italiens. Voilà l'ensemble de cette première partie du manuscrit.

Du reste, elle renferme, outre cela, quelques bouts-rimés et

(1) Mss., page 65. Ce sonnet est attribué au poëte Jean Hesnault.
(2) La Fontaine, liv. 8, fable XXVI.
(3) Mss., page 54.

nombre de pièces insignifiantes, dont nous pouvons indiquer les titres : *L'Homme de Tristan ; Aux grands ; Caractère du siècle ; Maximes ; Le Chrétien; Le Sage du monde; Sur l'inconstance ; Sauve qui peut; Finis omnium questionum mors est ; Méditations d'un solitaire ; Solitude, etc., etc.*

Et encore, à côté de méditations et de prières, une pièce intitulée *la belle Pénitente*. Toujours le profane auprès du sacré! Ce qui est regrettable surtout, c'est que jamais le nom de l'auteur véritable ne soit inscrit au pied de l'œuvre, ce qui rend l'analyse et l'étude d'un tel volume excessivement pénible.

Ce que nous appellerons la seconde partie de cet ouvrage, renferme une histoire généalogique de la famille Vauquelin. Elle a été composée avec un soin tout particulier, d'après les documents qui existaient alors (1). Nous y remarquons tout particulièrement des détails nombreux sur la vie du vieux poëte des Yveteaux, qui fut le premier protecteur du divin Malherbe, son compatriote de la ville de Caen; puis quelques sonnets que nous avons dejà cités, et son chef-d'œuvre de l'*Institution du Prince,* dédiée à César, duc de Vendôme, son élève. Ce morceau a une vraie importance; mais il est trop connu pour qu'il soit besoin de le rapporter. Les lettres des rois de France, les extraits historiques qui concernent les membres de la famille, les épitaphes sont copiés avec un soin particulier : au point de vue historique et généalogique, cette partie offre de l'intérêt.

Comme annexe, nous remarquons aussi une description de sa maison et de ses jardins du faubourg Saint-Gilles, à Caen (2), ainsi que celle de la terre des Yveteaux, écrite par un officier de marine (3). Une comparaison de ces derniers lieux, tels qu'ils sont aujourd'hui, avec ce qu'ils étaient alors, pourrait seule dire ce que vaut ce récit. Des Yveteaux le trouva si charmant, qu'il regarda comme un devoir pour lui d'en envoyer une copie à ses

(1) Mss., page 389.
(2) Mss., page 581.
(3) Mss., page 515.

savants confrères de l'académie de la ville de Caen, où, dit le copiste, page 605, « les esprits sont aussi déliés que les dames y sont aimables. »

Celui-ci ajoute : « M. des Yveteaux avait paru négliger un peu les uns et les autres. Cela lui attira le reproche obligeant qui lui fut envoyé de la part de ses confrères, par ordre des *dames*, lesquelles ont assez de goût et l'esprit assez cultivé, *pour prendre plaisir de venir souvent à l'académie.* »

Cette plainte était-elle une œuvre collective? Peut-être elle avait été délibérée même en pleine académie! Rien ne le dit, quoiqu'il soit permis de le supposer. La voici, on en pourra juger; elle est fort incorrecte.

Interprète de la nature,
Pourquoi pour le faubourg quittes-tu la cité?
Crois-tu, comme un autre Epicure,
Trouver mieux là la vérité?

Ce philosophe de bon sens,
N'avait ses jardins près d'Athènes
Que pour voir plus souvent
Ses amis sans grand peine,
Voulant, libre avec eux, toujours passer son temps.

Toi qui bien mieux que lui possèdes la raison,
Tu fis toujours chez nous l'agréable saison.
Pourquoi négliger l'assemblée
Où d'applaudissements ta voix était comblée!

« Ce reproche était accompagné d'un ordre, de la part des *dames*, de leur rendre compte de ses occupations. »

Des Yveteaux y répondit par quatorze pages rimées. Il était inspiré par les dames et devait être forcément verbeux. Qui ne le serait en présence de pareils antagonistes? Il leur dit en poëte ses études, ses joies et ses chagrins. Il leur parle des plaisirs de la campagne, du rossignol, de la tendre fauvette et de la plaintive tourterelle. Il leur peint les délices de sa table frugale, de son vin généreux, de ses bosquets et de sa liberté.

Cette réponse est une véritable transition à la dernière partie du volume, qui ne renferme que des pièces toutes de circonstance et du genre de celles qu'on appelle fugitives. L'improvisation et l'à-propos en font tout le charme et tout le mérite. L'intérêt serait peut-être dans les noms des acteurs que le copiste a pris soin de mettre exactemen' à la marge. Voici ce qui leur donna l'occasion de naître.

M. des Yveteaux était venu habiter le faubourg Saint-Gilles, à Caen. Bientôt son amabilité toute française avait attiré vers lui une société choisie et toute disposée à une gaieté franche et de bon aloi. Sous le prétexte du carnaval, de nombreuses invitations furent échangées entre les membr qui la composaient, et ces invitations prirent les formes les plus gracieuses. Leur collection compose de délicieux bouquets à Chloris que nous avons tous assemblés sous vos yeux : madrigaux, quatrains, dixains, tous plus galants les uns que les autres, parfois charmants de forme, mais la plupart du temps sans sel pour nous qui n'avons pas le sens de l'énigme.

Plusieurs années suffirent à peine à ce commerce littéraire, et le carnaval de l'année 1711 semble avoir été plus animé que les autres, puisqu'il nous a laissé une cinquantaine de pages de versiculets. Grand nombre de dames brillaient au *Parnasse de Saint-Gilles*, que nous appellerions volontiers, nous, la Cour des Bas-Bleus, si cette dénomination n'était toute moderne. Nous ignorons si elles ont laissé des souvenirs à Caen ; nous les citerons cependant. C'étaient : Mesdames la présidente de Croisille, de Sainte-Honorine, de Fresné-Cingal, Berville, de Foulogne, de Breteville, d'Arbout, Cingal, de Saint-Aubin, Hélie, Onfroy, de Fontenaille, et Mesdemoiselles de Saint-Léger, de Silly, Fortin, Caniou, des Compars, etc., etc.

Mais les glaces de l'âge allaient bientôt refroidir l'enthousiasme de des Yveteaux. Avec les douleurs aiguës de la goutte, qui vinrent l'assaillir, il lui fallut renoncer à ces relations de société auxquelles pourtant il semblait prendre un bien vif intérêt.

Messire Jean Vauquelin, chevalier, seigneur des Yveteaux,

mourut à Caen, dans sa maison du faubourg Saint-Gilles, le 22 janvier 1746, à deux heures du matin (1).

Tels sont les documents que nous avons pu puiser dans notre volume. C'est un tort pour nous, assurément, de n'en point avoir cherché ailleurs ; mais notre ambition n'était pas de donner une biographie complète de ce président de la société académique de Caen. Notre désir surtout, était, en indiquant la liste exacte de ses œuvres, d'extraire la quintescence du manuscrit que nous avions eu le rare bonheur de rencontrer, et de dire ainsi ses titres académiques.

Ces titres, nous les croyons plutôt dus à la naissance qu'au savoir personnel de l'homme, à la réputation incontestable de ses ancêtres comme littérateurs et comme poëtes, car un nom a toujours été compté pour quelque chose, plus qu'à sa propre valeur, à sa grande aptitude au travail et à ses connaissances variées, qu'à un véritable talent. En un mot, pour nous servir d'une expression reçue de nos jours, c'est un académicien grand seigneur.

Doit-on dire, cependant, que ce titre de président de l'académie de Caen fut placé en des mains inhabiles? Assurément non. Des Yveteaux était un travailleur modèle, et nous serions tentés de croire que s'il a été superficiel, c'est qu'il a embrassé trop d'études diverses. En effet, à en juger par les titres de ses ouvrages, la théologie, les sciences abstraites, les mathématiques, la médecine, l'histoire et jusqu'à la magie, avaient absorbé ses loisirs. Nous serions même disposés à croire qu'il aurait fait, comme tant d'au-

(1) Peu de mois après la mort de son père, il avait épousé, en 1679, Marie-Thérèse Vauquelin, sa cousine, fille de Messire Louis Vauquelin, chevalier, seigneur de Nepcy et de Catillon, lieutenant-général à Falaise. C'était une *femme bien faite, remplie de mérite et de gentillesse*. Cette union avait bientôt été rompue : Marie-Thérèse, à peine âgée de vingt ans, mourut à Paris, au mois d'août 1682, en donnant la vie à une seconde fille, qui ne lui survécut que peu de jours. Elle fut inhumée dans l'une des chapelles de droite de l'église de Saint-André-des-Arts (Mss., p. 502).

La fille unique de Jean Vauquelin, nommée Madeleine, épousa, le 17 août 1700, Messire François Carrel, conseiller au parlement de Paris. Un fils aîné, issu de ce mariage, fut tenu sur les fonts de St-Paul de Paris par son aïeul maternel (Mss. p. 510).

tres, des investigations à la recherche de la pierre philosophale. Seulement, nous le répétons, nous ne connaissons qu'un seul de ses manuscrits, et nos appréciations ne sont peut être essentiellement exactes que pour celui-là. Nous serions flattés qu'elles pussent être justifiées par quelque autre chose, et si, surtout, les autres manuscrits de des Yveteaux pouvaient être sauvés de la destruction, grâce à cet appel.

Quant au volume que nous avons retrouvé et signalé, il nous permettra de dessiner encore les portraits des autres membres de la famille, de Vauquelin de la Fresnaye et de Nicolas des Yveteaux, le précepteur de Louis XIII.

HIPPOLYTE SAUVAGE.

---

Angers. — Imp. E. Barassé.

www.ingramcontent.com/pod-product-compliance
Ingram Content Group UK Ltd.
Pitfield, Milton Keynes, MK11 3LW, UK
UKHW021018220726
13924UKWH00001B/42